CELTIL

FRANCE

ROY OU PEUPLE

POËME

UN FRANC

PARIS

L. LACHAUD, LIBRAIRE-ÉDITEUR

4, PLACE DU THÉATRE-FRANÇAIS

1873

FRANCE

ROY OU PEUPLE

POËME

J. Claye, imprimeur
J. Benoit — 7, à Paris
C.

CELTIL

—

FRANCE

ROY OU PEUPLE

POËME

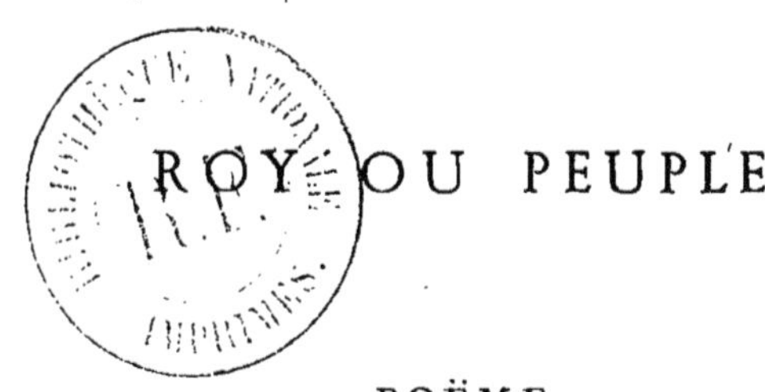

PARIS

L. LACHAUD, LIBRAIRE-ÉDITEUR

4, PLACE DU THÉATRE-FRANÇAIS

—

1873

FRANCE

Français, n'attendez pas la Prusse et la Russie,
Pour faire de vos maux la suprême autopsie.
L'instant est solennel, et, si le châtiment
Ne suffit pas, signez votre démembrement.
La Justice s'irrite et vous met en demeure
Ou de ressusciter, ou que la France meure.
La Justice vous donne encor quinze ou vingt ans
Avant d'écarteler vos membres palpitants :
Vosges, Bourgogne, après l'Alsace et la Lorraine!
Le reste, divisé par les Partis en haine,
Se tordra dans la rage et les convulsions,
De révolutions en révolutions.
Les Bourbons prendront l'Ouest, les d'Orléans le Centre,
Et les Républicains jaloux feront leur antre
Du Midi. Quant au Nord, de Dunkerque à Calais,
Il entendra rugir les léopards anglais.
Telle est la loi de mort, encore enveloppée
De mystère, et qui pend sur vous sa lourde épée,
Si vous n'amendez pas ce pays qui fut grand,

Qui ne veut pas mourir, et pourtant est mourant.
Écoutez-moi, Français. Qui suis-je donc ? — Personne.
Je suis le clairon noir qui d'âge en âge sonne,
Et l'Esprit qui m'embouche est à la fois ouï
De votre Panthéon jusqu'au mont Sinaï.
J'ai vu crouler l'Égypte, et l'Inde et la Judée,
Tyr, Ecbatane, Athène où rayonnait l'Idée,
Et craquer, de l'Indus jusqu'à son cœur toscan,
Rome, où la Force en rut bouillait, sombre volcan.
J'ai vu s'anéantir l'œuvre de Charlemagne,
Et l'Espagne, et l'Empire immense d'Allemagne,
Gênes, et la Hollande et Venise. Pourtant,
Tous ces mondes faisaient un tapage éclatant.
Ils avaient des vaisseaux sans nombre. Leurs armées
Couvraient dix mille arpents de lames enflammées ;
A l'infini les tours de leurs villes montaient
Dans le jour, dans la nuit ; leurs grosses voix chantaient,
Riaient, criaient, grondaient ; les chevaux, les quadriges
Hennissaient et roulaient sous le fouet des auriges ;
Les orchestres sonnaient, et les triomphateurs
Allaient vers les autels bâtis sur les hauteurs.
Leurs rumeurs s'entendaient, houle démesurée,
Comme les vastes bruits d'une grande marée
Quand le vent d'équinoxe enfle les Océans.
Or ils se croyaient tous immortels, ces Géants.
Prêtres, chefs et savants narguaient les destinées :
Ils avaient devant eux des horizons d'années
Vastes comme le Ciel ; derrière eux ils avaient
Les gloires du Passé dont les chants les suivaient ;
Et sur terre et sur mer, sur les tours, sur les voiles,
Leurs forêts d'étendards flottaient dans les étoiles.
Colossales Babels montant vers le zénith,

Ils se disaient assis sur un fond de granit,
De manière à braver le Sort et la Durée.
Qu'en reste-t-il ? Une ombre à jamais déplorée,
Une histoire lugubre, une apparition,
Une épave entrevue au fond d'un tourbillon,
Des linceuls, des débris sous des terrains funèbres :
Et nous, leurs fossoyeurs, nous fouillons des ténèbres.
Telle est l'œuvre du Temps : mais vous, vous la hâtez,
Vous provoquez l'Abîme et vous vous y jetez,
Français, et l'on dirait que la Mort est trop lente
A vous voir l'appeler de votre main sanglante,
Et que vous en voulez, tant vos hideux Partis
Font en leurs dents grincer de hideux appétits!
Ici le Communisme et là la Bourgeoisie :
L'un vaincu, mais couvant sa rouge frénésie,
Et guettant le moment sinistre où l'Étranger
Attirera l'Armée en un nouveau danger;
L'autre, implacable après avoir été féroce,
Et forçant dans les cœurs la haine à coups de crosse.
A droite, les Bourbons avec les d'Orléans,
Puis les prêtres, tout noirs du dehors au dedans,
Cachant la cruauté sous la mansuétude,
L'âcre soif du pouvoir sous une humble attitude,
Sous l'étole l'amour des noirs bûchers en feu,
Le trône sous l'autel et le diable sous Dieu.
A gauche, devant eux, un vieillard, et derrière,
Attendant son trépas pour se donner carrière,
Cent rivaux qu'un péril commun contient mêlés,
Mais qui, vainqueurs, seront des faisceaux découplés.
Plus loin le groupe en deuil de tous ces saltimbanques
Experts en coups d'État, maîtres en coups de banques;
Et dessous, là, couchée et frappée aux deux seins,

La France, maudissant les Partis assassins !
Ah! je hais tout Parti qu'une pudeur austère
Ne met pas à genoux quand la France est à terre,
Et qui ne se tait pas jusqu'à ce qu'ait parlé
Sa bouche par les voix de son Peuple assemblé.
Je hais les charlatans hurlant les panacées,
Et, sur leur lâcheté, bondissent courroucées
Mes rimes, et ma voix, claquant sur tous leurs cris,
Vole et mord dans leur chair comme un fouet de mépris.
Au chenil, chiens! aux trous, serpents! à l'antre, hyènes !
Cachez ces dents, taisez ces gueules, paix, ô haines !
On ne doit plus haïr en France, en ce moment,
Que la Prusse sanglante et son Peuple allemand.
On ne doit plus avoir qu'une seule pensée :
Entourer la Patrie affreusement blessée,
Panser à fond le vif de sa plaie, et non pas
Faire de ses deux seins un butin de combats.
Ah! le mal est profond; il est mortel, peut-être !
Mais, pour le bien guérir, il faut bien le connaître,
Et la dolente Mère, en ses maux infinis,
N'a pas trop de nous tous à son chevet unis.

« Mes enfants, qu'avez-vous? dit-elle. Je suis lasse,
Et le froid du tombeau m'envahit et me glace.
J'étais navrée au cœur par Guillaume-Attila :
Vous tous vous m'avez presque achevée, et voilà
Que vous vous mesurez l'avenir qui me reste
Avec des cris de tigre et des fureurs d'Oreste!
Tout ce bruit me fatigue horriblement, enfants;
Mais m'écouterez-vous si je vous le défends ?
Allons, écoutez-moi ! J'ai besoin de silence,
Car ma croix m'a fait mal, et par mon coup de lance

Fuit ma vie en flots d'or et de sang débordants.
Est-ce bien le moment d'ouïr des prétendants
Et des rugissements de Partis en querelle ?
Mon âme a soif de paix : priez plutôt pour elle.
Ma bouche desséchée appelle un peu de miel
Et non votre amertume et votre éponge à fiel ! »

Les Partis cependant ne veulent pas se taire.
Bourbon s'avance ; il parle en maître de la terre ;
Écoutons ce qu'il dit :

           « Il faut m'ouïr, pourtant,
Car tu me fus unie et grave fut l'instant.
Toujours le Ciel, là-haut, gronde en son noir mystère
Sur le lit de douleur d'une épouse adultère.
Or tu fus cette épouse, et depuis, ô tourments !
Que tu m'as fait chasser par d'indignes amants,
La colère céleste en suspens sur ta vie
A déployé sa foudre et partout t'a suivie. »

« Ah ! Bourbon ! dit la France, à quoi bon rechercher
Le Passé qui n'est plus pour me le reprocher ?
Que me répondrais-tu si je faisais de même ? »

Bourbon reprend : « Hélas ! tu te meurs et je t'aime !
Je t'aime, et cependant voilà près de cent ans
Que je traîne en exil le fantôme des temps !
Un jour, je suis rentré, jour de courte durée !
Orléans excita le peuple à la curée,
Et ton lit nuptial fut de nouveau souillé.
O France ! le Passé, l'as-tu donc oublié ?
As-tu donc oublié nos noces magnifiques,
A Reims, dans les clartés et les chants séraphiques ?

Ah ! du moins, laisse-moi m'en souvenir pour toi,
Car ce grand souvenir c'est mon bonheur à moi ;
C'est notre vie immense, historique, superbe,
Éclairée aux flambeaux hyménéens du Verbe,
Et nul Roi n'a vécu ni ne vivra jamais
Plus glorieusement sur les royaux sommets.
Qu'il se lève, le Roi qui des bords de la Sprée,
Du Danube roùlant vers l'aurore pourprée,
De la noire Tamise ou la blanche Néva,
Prétend que jusqu'à moi son sceptre s'éleva ?
Hohenzollern, Hapsbourg, Czar de Russie, Orange,
Qu'il se dresse debout dans cet orgueil étrange,
Et qu'il montre un époux royal de Nation
Égal à moi, l'égal des grands Rois de Sion !
Près de lui, que parmi les nations se lève,
La croix dans une main, dans l'autre main le glaive,
Celle qui du Caucase à l'Océan se sent
Plus que la France grande et d'un cœur plus puissant,
Et plus proche, là-haut, de Dieu, dans sa pensée !
Toi, Dieu, toise l'époux et toise l'épousée !
Mais nul ne répondra, France : nul n'oserait
Accepter ce défi, car le Ciel en rirait !
Car il s'entr'ouvrirait plein du chant des Archanges,
Des Dominations, des Trônes et des Anges,
Laissant voir aux regards des Peuples éblouis
Notre anneau nuptial au doigt de saint Louis ! »

A ces mots, Orléans ricana, mais la France
Ouvrit son collier d'or sur son lit de souffrance
Et lui dit :

   « Orléans, c'est vrai, nous t'oublions :
Pars ou tais-toi : voici QUARANTE MILLIONS. »

Bourbon reprit :

              « Jamais, non, jamais hyménée
Ne fut de plus d'éclat sur terre environnée,
Jamais contrat plus saint, plus grand, plus solennel,
N'eut lieu sous l'œil du Christ et du Père éternel.
O Reims ! ta cathédrale en fut l'arche sacrée ;
Du coup elle égala Rome la vénérée,
Et nous eûmes en elle un dogme, un rituel,
Comme Jérusalem et les Rois d'Israël ;
Religion royale, hymen divin des âmes,
Avec sa liturgie, avec ses oriflammes,
Ses évêques français et ses prêtres mêlant
L'encens, la myrrhe aux sons de l'orgue ruisselant.
L'huile sainte coula des sphères infinies
Sur nos deux fronts, parmi les pures harmonies,
Les cierges allumés et les hymnes du Ciel :
Et, Pape aussi, tenant l'Évangile éternel,
Grave sous ma couronne, égale à la tiare,
Je me dressai debout sur l'Europe barbare,
Épée au flanc, drapé dans la pourpre de feu,
Moi, ton époux sacré, France, fille de Dieu ! »

— La foudre, en plein hiver, fendit soudain la nue.

BOURBON.

« Maudit le mécréant qui frôla ta chair nue,
En touchant à ma gorge, afin de m'attacher
Et de livrer ma tête au couteau d'un boucher !
Oh ! maudits les bourreaux, l'heure, la vilenie !
Car nous étions liés par un divin génie :
Car notre mariage, adoré sacrement,

Était en lettres d'or inscrit au firmament ;
Car l'Homme brise en vain ce que son Dieu rassemble,
Et nous étions du Ciel et nous vivions ensemble !
Que me reprochait-on ? Des fautes ? Qui n'en fait ?
Mais pour les châtier fallait-il un forfait ?
Fallait-il donc te rendre infâme, criminelle,
Et déchaîner sur toi la colère éternelle ?
O meurtre ! ô parricide ! inceste ! ô châtiments !
Je fus coupable, hélas ! mais tes rouges amants ?
Du sang ! du sang ! du sang ! des vagues débordées !
Nuit et foudre couvrant le chaos des idées !
Lois, mœurs, honneur, vertus, familles, tout croulant,
Et la rue entr'ouvrant ton alcôve et hurlant !
Tu redevins du coup la Gaule, et tes misères
Enfantèrent César, le cirque et les carcères. »

César est mort ! cria l'Abîme, et le grand vent
Cria : César est mort !

                « Non ! César est vivant,
Reprit Bourbon, César en son terrible empire
Vit tant que l'Anarchie est vivante et conspire.
Il vit en Orléans comme en Napoléon,
Il vit en Thiers, il vit en Gambetta Léon ;
Son avatar opère un incessant prodige :
Il vit encore, il vit toujours, il vit, vous dis-je !
Et son âme s'incarne à travers mille noms
Dans le dernier pointeur de vos derniers canons ! »

« Et maintenant, Bourbon, maintenant, dit la France,
Où vois-tu l'Anarchie ? »

                « Au fond de ta souffrance :
Dans ton front, dans tes yeux enfiévrés, sans repos,

Dans tes pieds, dans tes mains, dans ton cœur, dans tes os !
On ne refait pas l'Ordre avec des coups d'épées,
Des feux de pelotons et des langues coupées ;
On ne le sème pas en jetant des décrets
Comme en jetant des glands on sème des forêts !
L'Ordre est le fruit vivant des mœurs en harmonie
Et des enfantements des lois par le génie :
Il unit au Passé le Présent agité
Et cherche l'Avenir dans la stabilité,
Dans le respect des fils, dans les vertus des pères,
Ces deux pôles de l'Ordre et des États prospères ;
Dans la Tradition survivant au Vivant,
Dans la famille, en Dieu, que tes fils vont bravant !
Ce Dieu livre au malheur les Nations athées,
Comme il livre aux vautours les flancs des Prométhées.
Donc tu n'as plus de lois ; donc, tu n'as plus de mœurs ;
Donc tu n'as plus ni cœur ni cerveau ; donc, tu meurs.
Donc, le désordre, ouvrant la voie aux vers des tombes,
Grouille avec les Partis dans la fosse où tu tombes ! »

« J'admets dit la Patrie, et je veux essayer
D'éviter le tombeau. Je veux croire et prier ;
Je veux vivre et baigner mon front dans la Lumière ;
Je veux ressusciter en ma vigueur première,
En ma belle jeunesse, en ma fécondité,
Et voir mes fils unis dans la félicité,
Puissants par la pensée et par le cœur immenses,
Franchir vainqueurs ces temps de doutes, de démences,
D'égoïsme sordide et d'amer déshonneur.
Mais toi, Bourbon, gardien de notre antique honneur,
Toi qui le fais frémir en moi par ton langage,
Comment t'y prendras-tu pour m'en rendre le gage,

La foi, la loi, l'anneau dans l'ombre ensevelis,
Et l'âme virginale et la blancheur de lys?
Moi, comment m'y prendrai-je, hélas! Roi magnanime,
Pour rendre à mes enfants l'Esprit-Saint qui t'anime,
Eux qui sont aujourd'hui, du plus faible aux plus grands,
De partis divisés et de lits différents?
O Roi, dans ton exil, dans l'ombre expiatoire,
Tu n'as eu qu'un écho lointain de mon histoire!
Tu n'as pas vu la France et ses déchirements,
Et ses enfantements et ses avortements;
Tu n'as pas respiré l'air qu'ici l'on respire!
Depuis Quatre-vingt-neuf et le premier Empire,
La foi chrétienne est morte, on a muré le Ciel,
Et leur seul idéal est le monde réel.
Être n'est plus : Avoir se dresse, insatiable,
Les enveloppant tous d'un vertige incroyable.
Vois ces chemins de fer : écoute-les gronder;
Ils rugissent ces mots : jouir et posséder!

BOURBON.

Ils jouissent du mal, ils possèdent la honte.

LA FRANCE.

O Roi, jamais torrent vers les monts ne remonte;
Criant : *Non possumus!* aux Papes comme aux Rois,
Le Temps emporte tout, les trônes et les croix.
Nul Culte n'a vécu deux mille ans sur la terre
Sans qu'un autre sortît des limbes du mystère,
Vague d'abord, montant toujours, puis radieux
Et montrant d'autres Cieux à l'Homme et d'autres Dieux.
Roi, des voix m'ont parlé, sur terre et dans la nue :
Regarde, car je crois que cette heure est venue. »

Le Ciel s'ouvrit béant : un éclair y courut,
Une Balance auprès d'un grand Glaive apparut,
Que deux mains suspendaient, énormes, rayonnantes ;
Et, parmi les éclairs et les foudres tonnantes,
La Justice debout sur l'immense Univers
Se dressa. Des clairons sonnèrent dans les airs,
Puis tout s'évanouit.

« As-tu vu? » dit la Mère.

« Ah ! l'Enfer a forgé quelque horrible chimère ! »
Cria Bourbon, forçant sa voix qui sanglotait.
Mais l'antique Credo, qui dans son cœur battait
La marche du Passé (quand levant en silence
Son front, le Roi ne vit ni Glaive ni Balance),
S'affermit en ce cœur et reprit le dessus.
« A moi ! s'écria-t-il, à moi, Seigneur Jésus !
A moi, mes Chevaliers ! Debout, Ducs feudataires !
Nobles, debout ! Sortez des fiefs héréditaires !
Archevêques, debout ! Vous, Prêtres, séculiers,
Réguliers, ah ! debout ! Moines gris, Cordeliers,
Pendez-vous aux bourdons des hautes cathédrales !
Sonnez, cloches, sonnez, urbaines et rurales !
Carmes, Bénédictins, Frères, Dominicains,
Sonnez, sonnez le glas ! sus aux Républicains !
Sonnez dans les couvents ! Sonnez dans les villages !
Dans les cités, partout ! prophétisez pillages,
Fer et feu, meurtre et sang ! Annoncez le charnier !
Sonnez, sonnez, sonnez le Jugement dernier ! »

« Que prétendez-vous donc, Bourbon? » dit la Patrie.

« Te posséder ! » cria le prince.

LA FRANCE.

                    « Eh quoi? meurtrie,
Mourante des canons de ces Rois allemands,
Des coups de mes enfants? O Partis infamants!
Je croyais presque en vous, Bourbon! oh! c'est inique!
Mais voyez donc ce rouge à travers ma tunique!
Voyez ces flots de sang qui me coulent du cœur!
Arrêtez! »

            Mais Bourbon s'avançait en vainqueur,
Le regard rayonnant de fièvre et d'espérance,
Quand le vieillard de gauche en travers de la France
Mit ses bras et sa vie et son cœur.

                    « Halte-là!
Cria-t-il. Roi, ce sont des façons d'Attila,
Que d'entrer chez un Peuple en défonçant la porte,
Et votre antique honneur, moins qu'un autre, comporte
L'avalanche du Hun blanc ou du Prêtre noir.
Laissez l'Évêque au temple et le Duc au manoir,
Si vous voulez qu'en France on soit calme, et qu'en Prusse
On ne vous prenne pas pour un cousin Borusse,
Et que là-haut, le Dieu qui compte nos instants
N'empoigne pas sa foudre en ses poings! Il est temps!
Restez Bourbon. César est mort. »

BOURBON.

                    Je suis victime!
Je suis le Droit, la Loi! Je suis Roi légitime,
Et compte mes aïeux par delà saint Louis!
Toi, qu'es-tu?

LE VIEILLARD.

Nul n'est roi, Bourbon, dans ce pays !
Avec vous pour toujours la France est divorcée,
Et c'est un autre époux que nomme sa pensée.
Quant à moi, qui je suis ? Un de ses fils : l'Aîné !

BOURBON.

Je suis le Droit, la Loi : fuis, vieillard obstiné !

LE VIEILLARD.

Non, tu n'es pas le Droit, car le Droit vient de l'Homme :
Non, tu n'es pas la Loi, non ! Tu n'es qu'un fantôme,
Que l'on voit apparaître aux heures de malheur ;
Et, quant à moi, devant ce grand lit de douleur
Je me dresse, rempart vivant, ouvrant mes bras,
Et je te crie, à toi : c'est toi qui t'en iras !
Donc, un seul pas de plus, Roi-fantôme, et j'appelle !

BOURBON.

Qui ?

LE VIEILLARD.

L'Époux !

BOURBON.

Qu'as-tu dit ?

LE VIEILLARD.

Le Peuple !

BOURBON.

Ah ! mort sur elle !

« A moi ! dit le vieillard, à moi, mon père, accours !
Au secours ! »

Et l'écho répondit : « Au secours ! »

Or une gigantesque et terrible figure
Se profila. Des monts elle avait l'envergure :
Quatre fleuves formaient la ceinture du corps
Dont les poumons rendaient de sourds et longs accords ;
Le front touchait au ciel, bravant les destinées ;
Les épaules étaient Alpes et Pyrénées ;
Le pied gauche frôlait le vert des océans,
Et le pied droit lavait ses orteils effrayants
Dans les lapis des mers méditerranéennes.
C'était Jacques, le Roi des antiques géhennes,
Qui se levait, drapé dans un pan de ciel bleu
Dont les trous laissaient voir les étoiles de Dieu.

« Hé ! hé ! »

   Quand il ouvrit ses lèvres centenaires,
L'Europe tressaillit du bruit de cent tonnerres.

« Ho ! ho ! là-bas ! qui donc, moi présent, parle en Roi ?
C'est toi, petit Bourbon ? »

      Bourbon tremblait d'effroi.

JACQUES BONHOMME.

Et qui donc m'appelait ? C'est toi, Fils ? ou toi, Femme ?

LE VIEILLARD.

Tous deux.

JACQUES BONHOMME.

   Et l'on disait : au secours ? Par mon âme !...

— Brave pourtant, Bourbon, digne fils de nos Rois,

Leva sa droite et fit le signe de la croix,
Bien qu'il n'atteignît pas du front la malléole.

Le Titan :

        « Qu'aviez-vous, tous deux? Sur ma parole,
Qu'il soit de Satanas ou du Seigneur Jésus,
Si quelqu'un touche à vous, je mets le pied dessus !
Si c'est Rome, d'un coup de pierre avec ma fronde,
Je l'envoie à l'instant rouler au fond de l'onde,
Par-dessus l'Apennin, par-dessus le Balkan,
Dans le Grand Pacifique, avec son Vatican! »

Bourbon bruit :

        « C'est moi qui réclame mon trône,
Et ma main de justice et ma belle couronne,
Et mon manteau de fleurs de lys, ma France, et toi,
Toi qui n'es que mon serf à Moi qui suis ton Roi ! »

L'âpre Géant craqua d'un rire formidable,
Et les échos des monts rirent, et l'Insondable
Fut pris soudain d'un rire aussi fou qu'entraînant,
Qui monta du nadir jusqu'au zénith tonnant.
Le Titan se tenait les côtes; et sa bouche
Comme une Aube s'ouvrait, rose, immense, farouche!
Le rire secouait le corps; les mains erraient ;
Les deux grands yeux, pareils à deux soleils, pleuraient.
Il riait; et sa barbe, en boucles dénouées,
Remuait comme au vent galopent les nuées,
Quand l'Ouest sur les Bretons tonne et souffle en son cor,
Assis sur les menhirs de Carnac ou d'Armor.

L'Amérique en eut peur, là-bas ; et la Russie
Sous son manteau de neige en fut toute transie ;
L'Asie eut des frissons ; le Pôle nord hurla,
Et son frère du sud sur son axe en trembla.
Jacques riait toujours, Jacques riait encore :
Une main au couchant, l'autre main dans l'aurore,
Frappant des pieds, serrant les poings, tenant son flanc,
Et s'essuyant les yeux avec le drapeau blanc,
Il riait! il riait! La Justice, aux écoutes,
Le regarda du haut des éternelles voûtes,
Craignant de voir le Globe engouffré dans le vent
De ce rire, et cria :
          « Tais-toi, volcan vivant,
Jacques! tiens-toi tranquille! »

                      Impossible à décrire,
Le Titan répondit :
          « On ne peut donc plus rire ?
Rabelais et Voltaire ont-ils donc emporté
Le droit de rire au fond de ton Immensité?
Je t'assure pourtant que je trouve très-drôle
Ce petit prétendant jouant si bien son rôle,
Et que je vais le prendre entre deux de mes doigts,
Doucement, pénétré de ce que je lui dois,
Et que je vais le mettre au niveau de ma vue
Pour passer gravement tous ses Droits en revue. »

Il le dit, il le fit. On le vit emporter,
Entre le doigt Vénus et le doigt Jupiter,
Le Roi; puis, le mettant dans le point concentrique
De ses yeux, au foyer de leur flamme électrique,
Tenant à mille arpents de la terre Bourbon,
Le bras levé, le front sourcilleux quoique bon,

Il grommela :

        « C'est mieux qu'enfin je tienne et voie
Le spectre qui prétend m'arrêter dans ma voie ;
Et qu'auprès de la foudre, au sein du tourbillon,
Nous causions, Roi très-cher à la Réaction.
Lorsque le minerai, dans un fourneau de forge,
Fond ; lorsque le lion tient sa proie à la gorge,
Il n'est pas opportun d'en approcher la main ;
Et quand Jacques a vu les droits du Genre Humain,
Il n'est pas bon, petit, de se faire barrière,
De lui parler du Pape et de lui dire : arrière !
Je sais ce que l'on vise, et que ton appétit,
Surprenant de grandeur en un corps si petit,
Ne se promet rien moins que m'ôter des molaires
Le fruit de mes travaux sanglants et séculaires,
Mon Droit, mon os, à moi qui me nomme Lion,
Et d'y substituer le mors et le bâillon !
Oui, je sais qu'on couva cette aimable espérance,
Quand Bismark eut coupé les jarrets de ma France,
D'avoir bientôt raison de mes membres liés,
Grâce aux obus d'airain qui me piquaient les pieds !
Le Pape eût au besoin sacré Mein Herr Guillaume,
Bon geôlier à donner au Roi des Droits de l'Homme !
Et l'on grimpait chez moi, dans ce funèbre hiver,
Tourbillon de corbeaux assaillant Gulliver.
Oui, l'on chassait mes fils ! on tenait assemblée !
Oui, les sonneurs de Rome allaient, et leur volée
Hurlait : « Chassez Hugo ! chassez Garibaldi ! »
Mon Barde et mon Héros en ont du coup grandi.
Je sais qu'on n'a pas vu sans un plaisir extrême
Se dresser près de moi Jacquot le Polyphème,
Jacquot le pétroleur, noir prétexte à trépas,

Mon ombre fantastique, et que je ne suis pas ;
Car je fais face au jour quand nous marchons ensemble,
Et si quelqu'un ici dit que je lui ressemble,
Il ment — et peut aller tendre son piége ailleurs !
Je suis Jacques, le Roi-géant des Travailleurs :
Je suis Jacques, le Père universel, qui crie
Aux quatre vents : Travail ! Force ! Vertu ! Patrie !
Et l'on m'entendrait mieux si tous tes moinillons
Appelaient moins l'ivraie à travers mes sillons !
Qui donc forge le Fer ? qui donc porte l'Armure ?
Qui laboure la Mer à l'immense murmure ?
Qui taille la Forêt ? qui sème le Froment
Et fauche les Blés d'or sous le bleu firmament ?
Qui visite la Vigne au flanc de nos collines
Quand les vapeurs de l'Aube ouvrent leurs mousselines ?
A qui dit-elle : Viens ! quand les Soleils ardents
La fatiguent du poids des globes débordants ?
Qui donc sur le Pressoir pose ses pieds d'Hercule,
Chantant d'un crépuscule à l'autre crépuscule :
« Allons, Patrie ! allons ! le Travail est divin !
« A la douve ! Evohé ! l'Univers veut ton vin ! »
Qui donc ouvre la Terre et descend dans la mine ?
Pour parer cet essaim de femmes qui chemine
Sur le Globe, emporté par de fringants coursiers,
Qui donc tisse la soie et pousse les métiers,
Et du Nord au Midi, de l'Est à l'Ouest, active
Le poitrail étoilé de la Locomotive,
Achète et vend, et change en flots d'or et d'argent
Le fluide nerveux de son corps diligent ?
Qui bâtit les maisons, palais ou toits de chaume,
Pour donner un asile aux fils des fils de l'Homme ?
Qui donc est à la fois Bûcheron, Vigneron,

Laboureur et Mineur, Pasteur et Forgeron?
Et qui donc, pour calmer son âme en proie aux fièvres,
Lève dans les Soleils sa tête et met ses lèvres
Sur le sein rayonnant de la Divinité?
Qui donc révèle à tous ta puissance, ô Beauté!
Quel est le peuple ami du Beau par excellence,
Qui tient du Goût exquis la splendide Balance?
Qui sait plaire à la Femme, ô Terre, et lui parler?
Savant, quel Peuple ici fait plus que m'égaler?
Quel est celui qui mieux peut fixer sa prunelle
Sur le Soleil divin de l'Idée éternelle?
Barde, Savant, Héros, ô Roi, sais–tu, dis-moi,
Que celui qui fait tout cela te vaut bien, toi?
Et si je te vaux, moi, pourquoi dans ma caverne
Viens–tu donc empêcher que je ne me gouverne,
Sous mon manteau d'azur, dont les trous effrayants
Sont reprisés avec des railways flamboyants? »

« Ah! voilà bien le fruit des mauvaises lectures! »

Dit Bourbon, mal à l'aise entre les ossatures
Du pouce et de l'index terribles qui tenaient
Son thorax. En parlant, ses lèvres frissonnaient,
Et sa voix, près de l'autre, était plus inégale
Qu'auprès de l'Atlantique une pauvre cigale,
Quand l'Ouragan conduit le manége des flots,
A coups d'éclairs, avec des foudres pour grelots.

Jacques, riant, reprit :
            « Roi, ce n'est pas honnête,
— Quand ici Von Bismark a fait la place nette,
Avec l'aide d'Hermann et de Faust le devin,

Dans ma poche d'écus et dans ma gourde à vin, —
De venir mendier à Jacques quelque chose;
Et je suis très-surpris qu'on y songe et qu'on l'ose.
Bonaparte? il en a l'habitude. Orléans?
J'aime à voir que toujours les grands sont mendiants :
Mais un Bourbon, mais toi? Fi donc, monsieur le Comte!
Vous vous arrêterez sur ce gouffre, et j'y compte.
Donc, comme eux, vous voulez, à ce qu'on dit partout,
Peu de chose. Quoi donc? Une misère : tout!
Moi d'abord, puis la France et Paris la grand'ville,
La cour du bon vieux temps, une liste civile,
Les ducs autour de vous rangés, les cardinaux
La mèche au poing rôdant le long des arsenaux,
Et vos seigneurs menant les flottes, les armées,
Sous un ciel de Boucher peuplé de Renommées,
Contre le Turc, le Maure et le Libre-Penseur.
L'Italien, sans doute, est un monstre ; et ma sœur,
L'Italie, à vos yeux est une criminelle
De regarder du haut de sa Ville éternelle
Le Droit nouveau qui monte et l'ancien qui décroît!
Victor-Emmanuel, l'hérétique, ne croit
A rien ! Votre Veuillot, maréchal de par Rome,
Fera trois bons tronçons de ce méchant royaume,
Pendant qu'à Notre-Dame, entonnant l'Hosanna,
Vous rendrez grâce à Christ d'un nouveau Mentana !
Parbleu ! je vous y vois, et je me vois, Bonhomme,
A travers ce pays sacré des Droits de l'homme,
A travers mes forêts et mes blés, moi le Serf
En proie à votre meute, et vous chassant au cerf
Avec varlets, piqueurs, trompes menant tapages,
Dames en attirail dans mes beaux équipages,
Blancs mignons chevauchant mes chevaux de gala,

Et tous criant *tayau* sur ce Moi que voilà !
Oui-da ! Payer la dîme et suer la corvée
Ne sont pas l'équité que ma tête a rêvée.
Sachez-le bien, Monsieur, la Révolution
Est ma sombre réponse à la Réaction :
C'est ma religion du Droit, et c'est ma haine
Contre l'iniquité dont votre voie est pleine.
Roi, je hais l'injustice et ne hais pas en vain !
Votre ancienne famille, avec son Droit divin,
Semblable à l'Orléans, semblable au Bonaparte,
N'éveille en nous qu'un vœu brûlant, — c'est qu'elle parte !
Ou bien, si vous voulez nos toits hospitaliers,
Aux Césars allemands cessez d'être alliés,
Et de tramer chez nous quelque besogne occulte
A l'abri des autels et des ombres d'un Culte.
Non ! je n'ai pas brisé les Rois sous mon hoyau
Pour voir Césars ni Rois crier sur moi *tayau !*
Bourbon, vous évoquez des fantômes si sombres,
Qu'ils remplissent mon cœur d'éclairs de rage et d'ombres.
Je revois les bûchers, les carcans, et j'entends
Un concert de sanglots monter du puits des temps ;
Je revois la Bastille ouvrant ses dents d'hyène ;
Je vois vos hobereaux me frappant dans la plaine,
Dans la ville, partout ! Car, dans votre Ordre affreux,
Il vous faut cent Damnés pour faire un Noble heureux !
Je vois mes Travailleurs livrés à la Misère,
Je vois Rome tenant mon cerveau dans sa serre
Et Loyola brimant les palpitations
De mon énorme cœur plein d'indignations !
A vous la pourpre, à moi l'effroyable cilice !
Je veux crier ; je veux cracher l'amer calice ;
Mais la poire d'angoisse étouffe en moi ma voix ;

L'Inquisition vient et m'étreint : je la vois,
Comme un tigre couché sur sa rouge pâture,
S'étendre sur mon corps en proie à la torture
Et souffler ma lumière, — et rallumer le feu
Du satanique Enfer qu'on crée au nom d'un Dieu !
Je vous jure, Monsieur, que cette perspective,
Quoique noble, n'a rien pourtant qui me captive.
Aussi vos souteneurs et vos Ducs auront beau
S'allier à Bismark pour creuser mon tombeau ;
Vos Prêtres auront beau m'environner de trames
Et me lier les os en enchaînant les âmes ;
Le Jésuite aura beau se glisser doucement
Derrière la bombarde et le canon fumant,
Et, priant en dessous l'équivoque Anarchie
De préparer la voie à quelque monarchie,
S'emparer des abords de l'Armée et chercher
La place où m'enfoncer le couteau du boucher,
— On me verra briser ces toiles d'araignée
Et saisir tout cela dans ma poigne indignée.
Rois, Césars, écoutez ! Si jamais sur mon dos
Votre Olympe remonte avec son noir chaos
Pour y jouer encor sa vieille comédie
Revue et corrigée, et sans doute agrandie,
— Quelque puissant qu'il soit grâces à Loyola,
Moi, Jacques Bonhomme, oui, Moi, Géant que voilà,
Je le rejetterai de mon épaule immense
Sur mes mains, et, saisi d'un accès de démence,
Affermissant mes pieds sur mon vieux sol gaulois,
Je vous lèverai tous, vous, vos Droits et vos Lois,
Vos Ducs, vos Nobles gueux et vos tondeurs de laine ;
Puis, rassemblant ma force et chassant mon haleine,
Je vous écraserai du haut des firmaments

Et le Globe entendra craquer vos ossements ! »
Il dit, et, déployant sa droite colossale
Vers Frohsdorf, déposa Sa Majesté royale
Dans son lit, et le Roi rêva tomber des cieux.

Alors vers l'Infini Jacques leva les yeux :

LA PRIÈRE DE JACQUES BONHOMME.

« O Justice éternelle ! ô Déesse insultée !
On ment, lorsqu'on prétend que je suis un athée :
Je crois en toi, Déesse ; oui, je t'aime et te veux,
Et ton souffle sacré passe dans mes cheveux !
Un serment solennel a fiancé nos âmes,
Et nous nous aimerons comme nous nous aimâmes
Le jour où Jeanne d'Arc qui vint sauver ces Rois
Mourut sur leur bûcher comme Christ sur leur croix.
Un évêque de Rome aux Anglais l'a livrée,
Ma Jeanne, mon enfant, ma guerrière sacrée !
Les docteurs de Sorbonne ont signé son arrêt
Et sont venus couper du bois dans ma forêt :
Et quand on l'a traînée au supplice des flammes,
Ceux dont cette grande âme avait refait les âmes,
Ce Roi, ces Chevaliers qu'elle avait tous sauvés,
Ces lâches, ces maudits, ne se sont pas levés !
La nuit, on a jeté ses cendres dans la Seine,
Et moi, captif, témoin de cette horrible scène,
Je t'invoquai, Justice, offrant de te bâtir
Un tombeau de mes os d'amant et de martyr !
C'est moi qui renversai plus tard la cour, le trône,
Broyant sous mon talon le sceptre et la couronne ;
Qui jetai tout ce monde infâme aux quatre vents,
Et me fis le héraut de tes décrets vivants !

Ah ! Justice, ton souffle est là, dans ma poitrine,
Comme l'eau de la mer dans la plaine marine !
Nous livrerons bataille à l'Injuste hideux,
Et tous deux nous mourrons ou nous vaincrons tous deux ! »

Une main de lumière erra sur la campagne,
Et désigna d'en haut le dernier Roi d'Espagne
Qui repoussait du pied son trône et s'en allait
Vers Lisbonne, suivi d'un page et d'un mulet.

Jacques dit :
            « Tu comprends, sans que Juan te l'explique,
« Que le vent d'Occident souffle à la République. »

Ensuite il détourna son front vaste et serein,
Et, surveillant à fond l'Europe au cœur d'airain,
— Vit Hermann qui cuvait son ivresse guerrière
Et d'un œil glauque et tors regardait en arrière,
A gauche, à droite, au nord, au sud, si ses voisins
N'en voulaient pas à l'or de ses sanglants larcins.
Il vit Faust, conseiller suprême de l'Empire,
Et Méphistophélès aux lèvres de vampire
Qui le poussait dans l'ombre aux exécutions
D'attentats ténébreux contre les Nations ! —

« C'est l'Empire, dit-il, mais au bout de la route
Est l'Archange sinistre, et ta face, ô déroute !
Et j'entendrai râler ce Méphistophélès,
Et son Faust, et sa troupe horrible de valets ! »

Il vit à l'Est, debout, le blanc Colosse russe,
Qui regardait John Bull dans son île, et la Prusse,

Et Jonathan, là-bas, qui, par delà les mers,
Dans ses fourneaux géants forge les lourds steamers ;
— Or tous étaient armés et se serraient la taille
Pour une gigantesque et suprême bataille
(Quand ton Glaive céleste aura là-haut relui,
Justice !).

Le Géant alors plongea chez lui
Ses yeux chargés d'éclairs, de foudre, de lumière :
Il fixa le Palais, il fixa la Chaumière,
Les Généraux, les Camps, l'âme des Arsenaux,
Les Magistrats siégeant au fond des Tribunaux,
L'École où les enfants épellent en cadence,
L'Église, le Théâtre et les lieux où l'on danse ;
Il fouilla du regard les Prêtres, les Héros,
Les Bardes, et sonda la moelle de leurs os,
Et la vertu de l'Homme et celle de la Femme !
On eût vu dans ses yeux la douleur de son âme.
Il cherchait un Sénat de Justes : il rêva,
Sans oser murmurer combien il en trouva !
Il observa longtemps, sous d'épaisses ténèbres,
Les Partis occupés en besognes funèbres :
Au chevet de la France ils venaient se ranger
Pour s'arracher sa vie et se la partager.

« Arrière ! cria-t-il. Je ne suis pas un prêtre,
Et ne prends point les gens, pas même vous, en traître !
Le tonnerre avertit par l'éclair ; le serpent
Garde un affreux silence et vous tue en rampant ;
Mon front touche au tonnerre et l'aime, c'est un brave !
Mais mon pied cloue au sol tout serpent qui m'entrave
Dans ma marche à travers l'orageux Avenir.

Arrière ! J'ai là-bas des crimes à punir,
Des soufflets à venger, des lâches à confondre,
Des foudres à forger et des canons à fondre.
Arrière, mauvais fils ! Je parle en vérité :
J'ai besoin de ma force et de ma liberté,
J'ai besoin d'emmancher ma grande cotte d'armes
Et de vous arracher à vos femmes en larmes,
Pour que tous à la fois vous portiez à ma main
Mon glaive, et sur mon front mon casque surhumain !
Quiconque en ce travail m'embarrasse est un lâche
Qui ne vaut même pas le bois que fend ma hache ;
Et qu'il soit de la plaine ou des hauteurs, qu'il ait
Saint Louis pour ancêtre ou soit Jacquot tout net,
Moi, qui vais vous vanner et vous passer au crible,
Je le rejetterai de mon souffle terrible ! »

Il dit, et, culbutant du pied grands et petits,
Lion géant chassant la meute des Partis,
Imposant ses deux mains à la France malade,
Il tendit dans le ciel ses grands bras d'Encelade :
Comme l'eût fait le Christ, il la magnétisait.
Or sa force électrique à travers l'air passait
Et pénétrait les nerfs de son unique amie.
Bientôt, quand il la vit doucement endormie,
Il lui dit : « Velléda ! Velléda ! Velléda ! »

Et la France surgit, et la foudre gronda.

Oh ! qu'elle était superbe, immense, l'Inspirée,
Avec ses cheveux d'or et sa face sacrée,
Avec ses seins puissants et ses larges flancs nus,
Et ses grands yeux tournés vers les Dieux inconnus !

Rose comme la chair de sa lèvre entr'ouverte,
Son sang fécond tachait encor sa robe verte,
Et le Géant, saisi d'un invincible émoi,
S'agenouilla, criant :

                    « Patrie ! oh ! parle-moi !
Dis-moi ce que Dieu veut du grand roi des géhennes? »

LA FRANCE.

Dis à l'Aîné qu'il faut mettre un terme à ces haines
Qui divisent nos fils en nos foyers troublés ;
Dis-lui que je les veux promptement assemblés ;
Qu'ils déclarent en chœur leur volonté suprême
De n'avoir d'autre Roi, sous le ciel, que toi-même,
D'autre Reine que moi, mère de tout Français!
Dis-lui que je ne veux ni Bourbon ni Rhamsès,
Que je veux voir le Prêtre au fond de son église,
Le Général au camp ! Que partout on élise,
Dans les vallons d'en bas comme sur les hauteurs,
Les suprêmes Tribuns et les Législateurs
Qui, splendides, battant le fer dans la fournaise,
Vont forger et graver ma suprême Genèse ;
Que ce Code soit mis au nom d'Adonaï,
Avec mille canons, sur un haut Sinaï,
Et qu'on dresse partout, pour que chacun le sache,
Sur un autel la Loi, sur un billot la hache !

PARIS. — J. CLAYE, IMPRIMEUR, 7, RUE SAINT-BENOIT. — [328]

www.ingramcontent.com/pod-product-compliance
Ingram Content Group UK Ltd.
Pitfield, Milton Keynes, MK11 3LW, UK
UKHW021041220726
13924UKWH00001B/464